유월설

시작시인선 0205 유월설

1판 1쇄 펴낸날 2016년 6월 24일
지은이 김지유
펴낸이 이재무
책임편집 김연필
디자인 이영은
펴낸곳 (주)천년의시작
등록번호 제301-2012-033호
등록일자 2006년 1월 10일
주소 (04618) 서울시 중구 동호로27길 30, 413호(묵정동, 대학문화원)
전화 02-723-8668
팩스 02-723-8630
홈페이지 www.poempoem.com
이메일 poemsijak@hanmail.net

ⓒ김지유, 2016, printed in Seoul, Korea

ISBN 978-89-6021-275-6 04810
　　　978-89-6021-069-1 04810(세트)

값 9,000원

유월설

김지유

천년의 시작

시인의 말

내 눈물이 웃음이었을 당신의 별을 지나
내 웃음이 눈물이었을 당신의 별도 지나
우리는 어느 별 사이를 건너고 있을까

귀한 사랑에게
귀한 상처에게
그리고
귀한 당신에게

환한 유월에게

차례

시인의 말

제1부

소란스러운 침묵 ——— 13

키득키득 ——— 14

사랑 품네 ——— 15

유월설 ——— 17

스치다 ——— 18

꽃은 피는데 ——— 20

다만 ——— 21

체중 ——— 22

넘치다 ——— 23

거품 ——— 24

사랑니 ——— 25

몹쓸 ——— 26

탱고 ——— 28

제2부

고치무당 ———— 31

장하다, 꽃 ———— 32

모름지기 ———— 34

그저 ———— 35

우는 새는 수컷이라 했다 ———— 36

뒤태 ———— 38

저답게 ———— 39

꽃잠 ———— 40

사자밥 ———— 42

홍어 ———— 44

무심코 ———— 45

꼬리 ———— 46

제3부

망치의 진술 ———— 49

그토록 ———— 50

영업의 기술 ———— 51

투전판 ———— 52

그림자 뒤집다 ———— 53

상냥한 사냥 ———— 54

똥줄 ———— 55

한숨 ———— 56

돛대 ———— 57

자선 ———— 58

빨간 자전거 ———— 60

컹컹 ———— 61

쿠키 정거장 ———— 62

제4부

거짓말처럼 ———— 65

맛 ———— 66

주정 ———— 67

여보 ———— 68

나무 우편함 ———— 69

아름다운 모욕 ———— 70

머리 몇 가닥 ———— 71

어부바 ———— 72

잎 ———— 73

거품 수갑 ———— 74

순정 ———— 75

길 ———— 76

어제 ———— 77

발걸음 ———— 78

해설

나민애 비체非體적 존재의 생존 미학 ———— 79

제1부

소란스러운 침묵

이봐, 꿈으로 밀려오는 그대 누구신가

옥탑방 술판 뒤엎고 부러진 상다리 앞
파르르, 변명거리 하나 없는 그대

누구도 지켜내지 못한 웃음을 밀고
아무도 편들지 않던 눈물을 끌고

원망 가득한 눈빛 그대 입술은
어찌 그리 무겁게 닫혔는가

매미도 개울도 노래하는 한낮인데
허우적거리며 사라진 그대 어디신가

나오시게 그대, 입 밖에서 술 한잔 하자고

키득키득

못생긴 마음일랑 속살속살 눈감았지
두터운 정만 솜이불처럼 덮었지
그저 궁금한 그저 신기한
웃음만 터지던 나이였지
웃으며 몰랐지 울어도 몰랐지
안다고 못난 옛사랑 다시 오려나
등 돌리는 마음도 살덩어리려니
밤낮 외로워 우는 천둥벌거숭이
휘파람 눈물 지우며 흐르다 보면
덧없는 그 얼굴 세월에 묻히겠지
몰라서 웃든 알면서 울든
옛사랑 모두 가겠지

사랑 품네

옴두꺼비 알 품듯 사랑을 품었네 칭칭 감긴 독사 혓바닥 일망정 감춰둔 독 토하며 지켜낼 줄만 알았지 두껍아, 두껍아 메마른 두껍아 새 집 줄게 헌 집은 버리렴 나무 문 당기면 가지런한 신발 생선 굽는 냄새 사이로 상큼한 레몬 향 종종걸음 욕조엔 따뜻한 꽃잎 동동 띄울게 몸뚱이 잡아먹히며 기억마저 잃었네 두껍아, 두껍아 먼지 쌓인 두껍아 헌 방은 버리렴 새 방 기다리니 종일 햇볕 쬔 폭신한 이불 고단한 등 껍질에 뽀송뽀송 덮어줄게 독기 품어 낳은 눈물 헌 색시 주면 새 색시 올 줄만 알았지 내 몰랐지 두껍아, 두껍아 헌 집일랑 까맣게 잊으렴 괜찮다, 멋있다 재잘대며 보조개 핀 상상 가득 더러운 사랑 새로이 내어줄게, 어서 가렴

유월설*

웃음이야 아니, 통곡이야
밤새 그림자 꿰맨 속말이
콧구멍으로 터진 거야
벚꽃 아래 맛본 도다리 쑥국처럼
까꿍, 속살로 피워 올린
꽃잔치라지만 지상의 모든 애인
손가락보다 야윈 미소라고
눈물 감추어 만나는 이별이라고
전부 내어주는 일이란
유월에 내리는 함박눈 같은 거
잊지 말자니, 모두 잊히고
꾹 참고 맞던 아이의 불주사처럼
지워진 그림자 닻 내리고
처량하게 무심하게
식어가는 심장을 살아내는 일
내 웃음과 당신 눈물에 무관심하던
계절 접을 때 호접몽, 꿈은
닫혔다 열리는 지상낙원이므로
깜박 취해 웃었다 운다 해도
모두가 희디흰 꽃잔치, 곧 녹아 없어질

유월의 시린 사랑설

통곡이야 그래, 만질 수 없는

그런 웃음이야

• 유월설: 오뉴월에 눈처럼 수북한 흰 꽃을 피우는 관목.

17

스치다

거름 한 번 끼얹지 못한 마음도 넘치면 그저 상처라고

너무 지나쳐서 지나쳐버린 가시 촘촘한 비밀을 처음 본 이에게 털어놓는 밤, 텅 비어 빛나던 눈동자 잠시 잠깐 스쳤을 뿐인데 풀어놓는 비밀에선 이상스레 풋사과 냄새나고 순간, 대나무 닮은 지조 아니어도 새끼손가락 걸어 도장 찍을 엄지의 힘 느낀다고

바람 휘몰아치는 밤 약속도 목적지도 없이 올라탄 고속도로에서 폭설처럼 만난 사건이라고, 발 묶인 시간 목소리 비슷하다거나 익숙한 눈웃음이라며 잠시 바라본 이유 물어 나르고 마지막이라서 쉼터로 스치는 달빛이어서 욕망도 쉬어갈 줄 알았다고

쓸쓸함의 늪에서 더는 한 걸음도 뗄 수 없어 복분자 붉디붉은 때깔로 부려본 욕심이라고 스쳐간 환희, 스쳐간 원망, 스쳐간 연애, 스쳐간 좌절 스치는 것이 밥 싸고 똥 먹는 일임을 알기에 빌어먹을 작작 좀 마시라고

알아도, 알아도 지나쳐서 지나쳐버린 사연 속에 때론 붉

잡아 머물고픈 손바닥 있었다고

꽃은 피는데

수화기 너머 튕겨 나온 독화살, 새벽 두 시 귓구멍에
덜컥 수갑 차고 벼락 맞듯 당하는 취조인데

믿지 못해 사니 부부라지만, 천지 널린 게 풋사과 닮은
불륜이지만
대꾸 없이 끊어버린 심장에 부엌칼 품고 밤새 쏘아대는
불화살

엉뚱한 심장 겨눈 실연 풀벌레 되어
홀로 우는 밤, 사과꽃 향기 붉으락푸르락 익어가는 밤

과녁 떠난 슬픔만 외롭게, 외롭게
꽃 필 자리를 찾고

다만

심장이 공이 되어
핀 한 개만 맞추어도 그것은 사랑
옆으로 새어 구르는 볼링공이나
틱! 큐대 어긋나 구르지 못한 당구공이나
알토란 같은 심장 벗어난 화살이거나
과녁 대신 바닥 뚫은 총알 또한
그것은 사랑, 죽음보다 용감한 사랑
조금만 갔다 와도 아니, 잘못 꽂혔대도 그대
남발한 공수표보다 잘났어, 그래
두 번 다시 오지 않을 인연 위해
빗나간 그대, 어긋난 그대
모두모두 박수를 짝짝짝
부메랑 된 실연 따라 부러진 화살도
무거운 공 중심 잃고 미끄러진
꽈당도 모두 다 사랑
마주하니, 바라보니, 내던지니
일체 지랄 맞을 사랑
쥐었다 보냈으니 전부가 사랑
잘나고 못나빠진 것 없이
다만, 사랑

체증

　멈추라고, 움직이지 말라고 애쓰면 애쓸수록 엉키는 당신 밀고 나가려는 고집에 걸린 낯선 골목, 빗방울 섞인 어둠처럼 막막한 막힘이 속삭이는 말 한마디 있으려나 당신 꽂힐 때까지 미로 같은 길 돌돌 도는데, 손가락 스치는 샛바람 숨구멍 여닫는 울림 따라 혓바닥 풀어놓고 가까울수록 멀어지는 당신과의 거리처럼 새어 나오는 차가운 말보다 막혀 화끈거리는 입술이 더 나쁘다고, 쉬어 간다는 건 막다른 골목 낯선 곳에서 살아나는 오해처럼 낯선 별 다녀온 듯 가만히 떨어진 눈물 한 방울, 입안 가득 기어드는 소리 들으며 잊었던 전생 다녀오라는 뚫림이라고

넘치다

달달한 취기로 마주 선
은행나무 길
떠나고 떠나온
구월은 늙지 못한
바람이었네, 풀어진 마음처럼
불던 휘파람이었네
비틀거린 연분이었네
입속 혀처럼 그 여자
넘치게 따라주던 국화주
구멍 난 심장에 붓고
쓸쓸히 웃던 은행나무 길
떠나고 떠나온 구월은
취하기 좋은 구름이었네
훔치던 웃음은, 다만
잡지 못해 흘리던
사랑이었네

거품

프시케 손에 깨진 소주병 들려 있으니 어서 와, 올라탄 지하에서 지상의 마지막 층 누르며 떨리는 손가락 걸리는 메시지란 몸 그림자 뒤바뀐 음화陰畵 하염없이 기다린 시간일까 18초 18분 18일 18년 181818을 누르는 손톱 손바닥 파고드는데 어서 와, 벌컥벌컥 밑구멍 뚫린 소주병에 사랑 들이붓고 층층이 열리고 닫히는 문 따라 살랑거리는 시폰 원피스 틀어 올린 머리카락 한 줌 연기로 풀려나려는지 금방이라도 툭 부러질 것만 같아 어서 와, 짝짝이 남녀 슬리퍼 끌고 18층 비상계단 향하는데 한 계단 오를 때마다 사라지는 이슬방울 절정에 오를수록 심심한 생이라는 듯, 이별은 그렇게 온다는 듯 소주병 깨진 주둥아리 프시케 물고 가는데

사랑니

빨래바구니 따라 올라간 옥상 난간 사이로 떨어져 기절할 듯 울던 이불 더미 어렴풋해, 집게손가락 따라 돌아가던 자전거 바퀴 코 박고 부러진 팔뚝 둘둘 말아 뛰던 등짝도 희미해, 밤새도록 달그락달그락 잠결 찌르던 부엌칼울음 불 켜면 숨던 바퀴벌레처럼 아득한 그녀, 지갑에서 몰래 꺼낸 동전으로 아리송하게 문 샤니 크림빵, 하얀 크림 사이 곰팡이 핀 눈물 내던지던 창틀마저 까마득해도

그녀, 꽁꽁 숨겨진 입술만은 또렷해, 평생 급소였던 아픈 사랑니

몹쓸

소주가 최고라네, 물 안주도 어울리는 명주라네
달게 삼키던 사내 따라 꿀처럼 곱던 날 있었네

포도주 입술 붉게 훔친 사내, 소주가 제일 나쁜
술이라고, 몹쓸 년이라고 내뱉는 한숨은

피와 살 통과한 최후 만찬이라, 송홧가루 날리는
계절 건너 부풀려진 사생활 탓이라, 믿으라네

싸구려 술집, 농처럼 뱉은 웃음 하얗게 품던
아린 젖가슴 문제라, 믿으려네

소주와 포도주 사이, 풍문은
몹쓸 사랑 따라 탱고처럼 익어가고

몹시 쓰디쓴 술맛 알아도
몹시도 쓸쓸할 이별은 몰라

풍문 따라 날아온 노래, 한 방울
핏물로 웃네

몹쓸 사랑이라

탱고

다시는 안 가리, 눈 감아도
돌고 도는 맹세처럼
발목 잡힌 사랑
허울뿐인 다짐 가면 쓴 채
낭창낭창 늘어지는
사랑, 어디 두고 보자며
꿈꾸던 독무대
지랄 맞게 붉은 탱고 심장도
부적처럼 지닌 점성술도
달나라 밟는 자전거 바퀴는
구경 못한 채, 부지런히
발목 잡혀 돌고 도는
다짐이란, 한숨만 새기는 짓
케케묵은 막장 드라마처럼
욕망 등에 업은 너에게
또다시 너를, 햇살 펄럭
바람 부는 날마다
다시는 돌아가지 않으리
다짐하는 사랑, 너 언제쯤
발목 꺾나 보자고

제2부

고치무당

미닫이문 열자 머리 큰 불상
목숨 토해 마련한 위자료로 얻은 방 한 칸
개다리소반 고양이 앉혀 먹이는
한술 마짓밥, 애당초 사내 마음 떼어내
손에 쥔 적 있던가, 공염불처럼
쪼그라들지 않은 미련 들킬까
미닫이문 닫히기 전 다시 쑤셔 넣고
빈 손 합장하는 여인 하얀 머리, 누에처럼
저를 다 뽑고서야 살아난 고치무당
깊이 파인 가슴골 따라 하늘과 통한
고운 새끼무녀가 넉넉하게 울음 짓는
코딱지 방 한 칸

장하다, 꽃

간밤 비바람 부러진 가지
지팡이 삼아 날개 버린 작은 새 울음
바람에 또르르, 다시 빗방울에 톡톡
오든 가든 흔들흔들 받아주는 꽃
가뭄 끝 쏟아진 빗줄기
얼굴 내민 자식 앞에서 울음 대신
오매 꽃, 오매 꽃
좋아 죽는 노老보살
장독대 정화수 놓고 빌던 손으로
칠성각 마른걸레질 놓지 않더니
굽은 허리 칠성판 누일 날 기다리며
등에 찬 복주머니 열어 다독다독 복을 심더니
드디어, 꽃 피웠네
주름진 삶처럼 툭툭 잡초 뜯으며
예쁘지요, 예쁘지요
평생 아들 대신 따른 칠성전 향해 자랑이네
빗방울에 꽃으로 화답하는 생이
욕심으로 매달린 눈물방울 거둘 때
새들은 여전히 제각각 울어 하나이고
스스로 죽은 적 없으니

장하다, 꽃

모름지기

　도사님 찾으며 무릎 꿇던 울음소리 잦아드네 불안한 생 마약처럼 나른다던 사내 빠져나가니 통풍구 비닐 바스락바스락 들썩이네 얇은 벽으로 담배 연기도 말소리도 안개처럼 새어 나가는 건물에서 소문은 온갖 비밀 먹고 자라네 애인이 하나뿐인 여인은 남편 죽을 날 묻고, 정부情婦 여럿 둔 사내 땅 팔 날을 묻네 모름지기, 모름을 지키는 일인지라 사기꾼에게 잡놈이라 발설치 못하는 술사는 밥때마다 내뱉지 못한 점사 검은 봉지에 담아 들고 사라지네 지난밤 구치소 있다는 남편 대신 술사 찾은 여인은 열리지 않는 문 두드리며 한참 서성였네 늦도록 항마진언을 토마토처럼 키우던 술사는 길흉을 아는지 모르는지 내내 한숨이네 모름지기, '꼭'이란 돌아오는 계절일 뿐이라는 소문 별똥별로 떨어지고 모름을 모시는 달 자꾸만 뜨는데 아는지 모르는지조차 몰라 서성이는 발자국 모름지기, 길이란 그런 것이네

그저

봄바람 분다고 그저 꽃잎 날린다고
알몸의 남녀가 달리네 그저
벌거벗고 뛴다고 겁탈당한 연인과
화장실 급한 짐승들 경주는 아닐 터
훈풍에 화들짝 돋아나는 쇠별꽃처럼
애달픈 사랑의 경주 발가락으로 흙 만지는 이브 되어
바람과 꽃잎 불러와 하나 되는 달리기
묵은 껍질 툭툭 털고 나아가는 길목
그저 부는 바람 아니라고, 그저 떨어뜨린 꽃잎 아니라고
신천옹인 사내에게서 잠시 알음알이 뚫리고
코와 공기가 통하고 귀와 말이 통하고
막혀버린 운명의 혈관까지 통해 뛰는 것
식도에서 항문까지 발바닥까지 확 뚫어 퉁소 같은
한세상 노래하기 위해 싸우는 알몸 저들도
그저 단내 나게 날고 뛰는
증오 또한 땅과 하늘 사이
구원 향해 달리는
욕지거리

우는 새는 수컷이라 했다

박새, 딱새, 지빠귀 제 따로 우는 숲
꽃잎인 양 나비인 양 새소리 나풀거리며
징검징검 건너는 여인, 평생 밖으로만 지저귀던
사내 대신해 수컷으로 살았네
사푼사푼 날리는 그림자, 그 날갯짓으로
걷다 보니 산꿩 큰 울음 깜짝 길 잃었네
생전 백구두 즐겨 신던 아버지
저기 느티나무 아래 신선되어 앉았네
흰 도포 자락 백발 길게 날리며 자꾸 오라 하네
서울로 시집보낸 뜻이야 어딜 가고 해마다
삐삐 마르던 딸 부둥켜안고 울던 아버진데
자꾸 웃으시네, 징용되어 잘렸다는
손가락 개불알꽃 피우고
오라 하네, 환하게 웃으시네
숲이 깊을수록 오라는 것인지 가라는 것인지
도무지 알 수 없어 그저 길 없는 길, 아버지 따라
나비처럼 꽃잎처럼 우는 새처럼
치열하게 수컷으로 살았네
바위틈 머리 내민 새끼 다람쥐 세 마리
고운 속살 감추고 지저귀던 억센

여인을 보네, 백발 아래서
새가 우네

뒤태

돌계단 높은 천년고찰 산신각

증명사진 한 장 무릎 사이 두고

고개 조아려 기도하는 여인의 뒤태

어느 무명산 돌탑에서 본 듯도 한데

배고파 말라고, 한눈팔지 말라고

어여 먹고 가라며 벌려 올린

쌀 봉지 위로 토실토실 비둘기 날아들고

감춘 사연 굽은 등으로

기어올라 젖은 어깨 들썩들썩

실바람마저 더디 불고 사진 속 사내

느릿느릿 웃다가 마침내 우는

탱화 속 호랑이 산신 등 자꾸 떠밀 때

흔들거리는 종아리 세워 언제든 배웅하려니

가라고, 뒤돌아보지 말고 가라고

입술 열어 외는 진언의 뜻으로

알 듯 모를 듯 헤아려보는 길

어디에 가서 어디를 오지 못했나

어디로 보내려나, 저 뒤태

길 잃은 숲 속, 돌탑마다 서 있던 여인

저답게

저답게 착한 사내의 아내가 쌀을 씻네 반상의 법도 아래 굽실굽실 살아온 사내에게 유일한 아랫사람, 제멋대로인 물정답게 뒤엎어도 될 법도건만 투덜투덜 아내만 잡는 쌩쌩한 사내 곁 저답게 억울한 아내가 콩나물국 식은 밥 말며 따뜻한 밥 짓네 푸석한 노란 사과 제일 맛난 줄 아는 아내, 빨랫줄 늘어진 팬티 가로막던 햇살 기억하네 립스틱 대신 화장대 채우던 사내 피마자기름도 기억하네 사내를 가져본 적 없어 저답게 버릴 수도 없는 아내가 쌀을 씻네 창밖 좁은 개울 노래하는 물소리 높고 저답던 겨울 가고 저다운 봄 오네 아내는 저답게 쌀바가지 힘주어 빡빡 누르고 착한 사내 뿌리 없는 생명력으로 저답게 노모에게 가져갈 새빨간 사과 한 봉지 품고 오네

꽃잠

반비알진 산길 느릿느릿 백발 부부 가네

노년곡 물소리 주름살 채워 흐르듯

굽은 등허리 손잡고 가물가물 가네

꽃 피우자 마른 잎, 생 피우자 떨구는 꽃

노란 산국 더미 그림자 시들고 꽃잎 떨어져도

전생 향기 남아 꿀벌들 한창이라

노부인 주름에 핀 꽃반지 고운 빗질에도

발끝으로 미끄러지는 머리칼

늦가을 햇살 푸석이네 마주 앉은

밥상머리보다 등짝만 바라본 날 많았다고

첩첩으로 쌓인 시간 가벼이 업고 가네

바늘잎 쌉쌀한 옛 걸음도 흔들리고 젖어가며

한 이불 속 피워낸 한 점 날갯짓이려니

불두덩이 거름망 삼아 걸러낸 거미줄

굴곡진 사연, 꽃송이 하나 열어젖히지 못했으니

파뿌리 연정 독한 향기 차마 품고 가네

잎 지자 피운 꽃, 꽃 마르자 피는 생

어지러운 꽃반지 끼고 내딛는 걸음

낙엽 바스락거리는 소리 곤줄박이 날고

주름진 산국 더미 샛노란 종종걸음

아득해라, 오래된 달구지 타고
솜이불 가득 초야를 관통하네

사자밥

텅 빈 식당의 여자가
개밥 던지듯 그릇 내려놓자
밥알 마르고 소갈딱지 비틀어지는데
핏기 없이 푸석한 여자 얼굴에
스스로 갇힌 여귀가 살고
온갖 귀신 족보까지 걸린 낯빛인데
병든 흙처럼 까슬까슬한 밥알이
고인 물처럼 비린 밥알이
넘어가질 않고
가난한 밥이 값지지 못한 여자도
모자란 밥이 맛나지 못한 여자도
아직 텅 빈 부자인데
지수화풍 머금은 한 톨 쌀알
삼키지 못하는 이유
피난통 돼지국밥 몰라서라고
살찐 여귀와 싸우는 대신
재탕되었을 반찬 한데 섞는 살풀이
신명 나야 돈벼락도 맞는 법이라고
대찬 수저질에 밥알마저 신나게 튀고
여귀의 눈이 사자使者밥 뒤엎은 듯

알알이 찢어지고

홍어

모래알에 닳고 닳은 소주병 조각들
운길산 자락 둥근 뜰 만다라 되어
박힌 후로 돌담이 수시로
취한다네 취하니 보인다네
통한다네 산산조각 날카롭게 박힌
그대 둥글둥글 굴러가 맺힌
명자나무 노란 열매 흔들리고
만만한 게 홍어 좆이라, 푹 삭힌
여인네 욕설도 담장 넘어 쉬이
응한다네 줄어든 달거리만큼
마음 벽 두터워지는지
솔솔 드러눕는 억새 사랑도
읽힌다네 작은 아아, 큰 아아아
빙빙 엉덩이 맴도는 모진 갈바람
그대마저 품는다네 억새 이삭 하얀 살덩이
감춰주는 돌담 아래 만취한 둥근 뜰
흔들흔들 조롱박 사랑도 삭아야만
통한다네 모자라도
그저 품는다네

무심코

몸 숨긴 작은 꽃
오밀조밀 좁고 낮은 자리
꽃물인 듯 눈물 번지네
무심한 바람, 무심코 사람
한 점 울림에 온통 흔들리네
깔려 죽을 듯 위태로운 바위가
개미구멍 감춰주는 문 되고
앉은뱅이 풀꽃 듬직한 가슴팍도 되느니
무심코 심장, 다정도 병인 양 무심한 소리
그래, 백 번째도 무심
사랑조차 외면한 나날이려니
청계산 오르며 스쳐 지난
여인의 맨발 울며 뒤따르던
소녀 얼룩진 손등
휘휘 바람을 휘젓네
무심한 세월, 무심코 허물어진 사랑
무너진 돌탑처럼 불온해
계곡물 흐르는 소리
소녀 업고 무심히
흐르네

꼬리

악으로 끊었나, 구름 위를
약에 취한 듯 술에 취한 듯 꼬리 감춘
여자, 제 남자 사랑한 마담의 둥근 배
동공에 담고 나니 아이가 울더라고
단골 사내 몸 정이 마담에겐 오랜
외사랑이라고, 귀 접듯 거꾸러진 연분
죽자고 매달리는 사내 등지고
비행기 탔노라고, 바다에 떨어진
여자 눈물이 파랑 치나
취한 눈물 다시 허공 굴러
물결치는 바람 풍병 든 사연이
아이 울음 따라 노래 되려나 약에 취해
다시 술 한 잔, 구름 노래 입술 풀어져
다시 만삭 둥근 배에 출렁
출렁, 고래 심줄처럼 질긴 악연
다음 생으로 던져지려나

제3부

망치의 진술

아이가 들어 올린 망치는
매 맞던 엄마 웅크린 발바닥이야
오래도록 견뎌낸 아빠 분풀이를
안으려던 이빨이야, 애증이야
빗줄기 덮치던 순간
떨어지는 꽃잎 하나 지키려
추켜올린 방패야, 하나의 거짓말이
모두의 거짓말인 것처럼
추운 바람 겹겹이 막을 치고
모른 척하던 주먹의 입막음이야
막히면 죽는 것은 바람도
사랑도 아이 목소리도 매한가지
반짝이며 푸르게 들어 올린 망치는
흐르고픈 별빛 엄마 품에 안기는 지옥이야
엄마 잃던 날, 거짓으로 바뀐
아빠 향해 자살을 시도했을 뿐
장대비처럼 쏟아지던 매질 속에서
내리친 건 아빠 머리통 아니라
꽃잎 떨어져 날아간 나비 날갯짓이야
타살도 아니고, 자살도 아니야

그토록

　애당초 통장 주머니 가득 바스락거리는 가랑잎처럼 남자 월급이 브런치 되어 시어머니를 씹어 삼켜도 어때, 파도치는 아내 갱년기 바바리코트여도 뭐 어때, 아들 먹는 김밥 몇 줄 검은 비닐봉지일지언정 주말이면 너구리처럼 오가는 장모 노잣돈일지언정 묻지도 따지지도 않는 명상, 사랑마저 건망증이라 부디 질끈 감고 명상, 쌓이는 업무 보고서보다 질리도록 수위 없이 늘어난 뱃살 내밀며 쓰레기봉투 넘기는 아내 혀가 칼 되어 중심을 난도질 칠지언정 이혼 들먹일 용기는 치기이므로 몰래 담배 피워 물고 명상, 손가락 까맣게 타들어갈 때까지 명상, 죽이 되든 밥이 되든 명상, 배 째라는 듯 잠든 혓바닥 확 잡아 뽑는 일은 나라 구하는 일보다 어려우니 이등병 시절 고문관 떠올리며 명상 그토록, 명상

영업의 기술

졸음운전에 놀라 만나는 늦가을

가만히 한자리에서 물들어야만
고혹적이라고 넌지시 보여주는
초저녁 단풍나무 아래

역마살 낀 사내 하나
바쁘게 운전하고 깜빡 졸듯 사랑하다
놀라 이별하고 건성건성 늙어가는

넥타이 단풍나무 매어주고
마음껏 취해 비틀거리는 일마저
영업이라고

대리운전 광고 문자 삭제하는 일만큼
시들시들한 곤혹이라고

제대로 물들지 못하고 입만 살아 농익은
얼굴 가득 과속으로 물든 칠만 원짜리
딱지, 딱지들

투전판

안정제 몇 알 삼키고 영재사관학원 버스 꽁무니 따르는
여인의 몽당연필 키 작은 아들은 권씨氏, 행幸은 능히 기미幾
微에 밝고 권도權道에 통달했다며 성을 하사한 왕건 품에 넘
겨야 하거늘 밤마다 고사리손으로 성기 키우는 왕자여, 물
려받은 기둥뿌리 죄 뽑아 먹고도 하늘 보이지 않는 여인의
병기여, 난쟁이 아비 자근자근 밟아서라도 돈이면 장땡인
나라 노름꾼으로 쑥쑥, 키 대신 목이라도 키워보자고 이마
에 붙인 팔광으로 하늘 밝히고 일 번이 일등은 아니라며 성
을 노리는 비적들 가랑이 찢어놓을 기세로 삼팔광땡 섰다를
외치는 여인, 저만치 특목고 위한 판돈은 그녀 몫, 뒤따르
는 그림자 눈부시더라도 무기여, 아들이여, 찌푸리지 말자
고 피 튀기는 자정까지 끗수처럼 달라붙는 사냥개

그림자 뒤집다

오십 년 묵은 은행나무 아래 가래 끓는 기침 소리 날리며 은행 줍는 사내 작대기로 때리는 게 시원찮은지 나무에 오른다 벌레 한 마리 밟아본 적 없는 발, 바닥 세워 더듬더듬 은행나무 급소 찾아 흔든다 누구 멱살 저리 당차게 잡아보았을까 마구 흔들어댄다 천식 앓는 사내 속내 안다는 듯 은행나무, 제 살 썩혀 지켜낸 방들 분양한다 은행 감싼 집들 삭는 동안 뿌리는 얼마나 썩었을까 썩어, 힘이 될 수 있다고 믿는 사내 눈빛이 노랗다 곱게 묵히지 못한 냄새 뼛속 깊이 바람구멍 내고 희끗희끗해진 사내 머리칼 위에 눌러살듯 샛노란 은행잎 한 장 투두둑, 가지지 못한 새 울음소리 썩히는 순간 비상하는 거리 살붙이 하나 없이 바닥으로 떨어진 사내 그림자 뒤집는다

상냥한 사냥

늙은 여자여, 탱글탱글한 여대생 뺨 잡아채기 위해 어떤 무기를 쓰나, 보석함 열어 손가락에 걸린 카드는 상냥함, 눈 뜰 적마다 퉁퉁 부은 종아리 친절을 신을 때 저릿저릿 뼈마디 관통하는 상처란 내일을 위한 것 특고압 흐르는 사냥감 근처로 사용인감계 들고 전전하거나 상사 뒷담화 견디며 체구보다 큰 가방 메고 상상으로 즐겁게 뛰는 천진난만함, 쑤시는 겨울이어도 잎 떨구지 않는 사철나무 상냥함으로 포획할 사랑이란 쓸쓸히 거절당하는 순간에도 고도의 기술인 상냥함으로 포효해야 하는 밥줄, 심장의 뜨끈뜨끈한 황토방 위하여 티끌로 태산을 이루기 위하여 상냥하게, 와이키키

똥줄

유산이에요 주문도 나 몰라라, 화장실 들락거린 이유가
힙합바지만큼 늘어진 똥줄이라던 녀석 유산이에요 거짓말
셈 치고 똥개 몸뚱어리보다 정직한 유산이에요 덕지덕지 눈
두덩이 핏물 반창고 붙인 채 지각한 날, 똥줄보다 먼저 모
가지 자를 마음으로 사 먹인 짬뽕 한 그릇에 사장님, 죽은
누나 닮았어요 젖은 피 항문 닦듯 천연덕스럽게 훔치며 소
년처럼 웃던 녀석 유산이에요 치질로 입원했다 거짓말한 지
보름, 수화기에선 힙합바지까지 홀딱 태운 냄새 흐르고 딸
이어 아들까지 혈액암으로 입양 보낸 늙은 상속녀 계좌로
보내는 유산이에요 곱절로 붙인 우수리 연애 한 번 못 했다
웃던 녀석 그리운 똥줄 값이에요

한숨

손가락 얽힌 마음, 속마음 엉킨 헛말이 엉뚱한 마법처럼 팀장을 향해 터진 하루, 야근 끝낸 자정 가까이 질질 끌리는 그림자 당겨 열쇠 구멍에 꽂으면 차가운 공기 간덩이처럼 불어나, 퀭한 입 벌린 세간살이 갑갑한 연체이자 동냥질하듯 웅크리고 냉골에 눕자마자 사발시계처럼 철썩 들러붙는 등짝 밀린 급여 따라 회전하는 시곗바늘 되어 째깍째깍 잠을 깨우고, 뒤척이다 떠올린 생일 꽃샘추위에 난데없는 눈물만 밥그릇 가득 톡톡, 알 까는 유서가 사직서보다 고봉인데 달각달각, 창밖 꽃비 언 바닥 눈동자 새기고 안개 속 쉴 틈 없이 두리번거리며 풀 뜯는 사슴 한 마리 살고 있어 눈 작은 벌레들 가난하게 부르는 자축연에 몰아쉬는,

돛대

밥벌이도 못한다는 마누라 지청구에 분병 나 품은 꿈이 히말라야 등정이라고, 담뱃값 모아 산 팔십만 원짜리 네파 점퍼에 쫓겨난 저녁 눈치 없이 배는 고프고, 비상금마저 채가는 아내와 이십 년, 숨 막힌 솜옷일랑 벗어 던지고 거위털처럼 훨훨 히말라야 꿀 따는 꿈이나마 품었노라고, 오만 가지 야생화 담긴 석청 한술 맛보고파 노래 노래 불렀지만 네팔 대신 네파 점퍼 하나 걸쳤을 뿐인데 노망이라고, 빙빙 도는 놀이터 날리는 눈발 사이로 피워 무는 돛대에도 여전히 배는 고프고, 깊숙이 빨아 삼킨 꿈 천천히 내뱉으며 다음엔 백만 원 넘는 석청 한 병 사고 말 거라고 신들만 먹는다는 꽃꿀, 지긋지긋한 마누라 사타구니와는 때깔부터 다를 거라고, 두고 보라고

자선

자선공연 끊이지 않는 공원
검은 낯빛 사내 내뱉는 노랫소리
핏대 선 음정 고역이라는 듯
흘깃흘깃, 에두름 아랑곳 않고
곡하듯 토할 듯 노래하는
사내 앞, 머리 부풀린 꽃띠 누나
아이처럼 뛰어와 지폐 한 장 넣을 때
선글라스 비치는 사내 굵은 손마디
배곯은 속내 따라 늘어지는
노랫가락, 번지는 주름 속
한껏 치장한 촌스러운 누나의 자선은
등짝에 저승꽃 필 때까지
사귀고, 또 사귀는 것
공원 메운 싸구려 유행가 꽃띠 두르고
주름으로 웃음 피우는 흥얼거림
머리 벗어진 노인 팔짱 두르며
껌 씹는 누나 리듬감에
살짝, 뽕짝으로 코드 돌리는 사내에게
자선은 부르고, 또 불러젖히는
만가輓歌, 밥벌이 상여꾼의

배고픈 노랫소리

빨간 자전거

희망공원 벤치에 긁적긁적, 칼로 새긴 어제 달빛 낙서로 남아 "희망을 보았다 떠난다 실수 없이 살련다!" 빛바랜 의자 밑 꽁초들 바닥 깔린 단풍 말보로 담뱃갑 품고, 빨간 자전거에 담긴 여인 희망까지 닿지는 못한 듯 몇 모금 깊게 빤 담뱃불 낙서 위에 끄적끄적, 외톨박이 한쪽 양말로 굴러든 사내들 발바닥 아픈 티눈처럼 자라는 희망 뽑듯 복권 한 장에 끌끌 차며 돌아나가고, 천 개 바람 풀어 통로 뚫는 희망공원 비벼 끌 수 없는 빨간 자전거만 친절한 불씨로 남는데, 실수 없이 살겠다니 돋움이란 늘 아픈 거라네 수많은 달빛 흔들려야만 햇살로 바뀐다네 빼곡하게 새겨진 태양 아래 실수투성이 희망, 그리움 긁고

컹컹

불 꺼진 병실과 마주한 창
색싯집보다 붉게 불 밝힌 방
창틈으로 꽁초 던지며 바지 벗는 주인이
텔레비전 불빛 아래 애완견과
놀다가 덜컥, 열리기도 하는 창
바지 뒤집어쓴 주둥이 내밀어 받는
전화, 낮보다 시끄러운 도로변 따라
환자처럼 끙끙 앓는 개 울음, 감춰진
꼬리 따라 서둘러 올려젖히는 몸
장난질 익숙한 듯 흔들림 없는
거짓말, 늦도록 잠들지 못하는 밤
어둠은 어둠이면 좋으련만
꺼지지 않은 모텔 간판처럼 붉디붉게
숙성되는 사랑, 숨긴 꼬리 그림자 흔들고
병상 누워 뒤척이는 유기견들
짖는 소리 집어삼키며, 번쩍번쩍
네온사인 잡아먹을 듯
잡아먹힐 듯,

쿠키 정거장

빳빳한 천 원과 바꾼 쿠키 하나
물잔에 넣어 찍어 먹는 일
팔십 평생 앙다문 치아 대신
아내 혓바닥 꺼내 오물오물
별 모양 달고나 빨아 먹는 일
뉘엿뉘엿 노을의 정거장에서
박카스 아줌마 닮은 손수레에
푸석푸석 쓸쓸한 팔짱 끼운 채
돌고 돌다 목장갑 빼내고 쉬는
편의점 구석, 종이 상자 깔린
손수레 타고 흔들흔들
종착역으로 떠날 채비 마친
노인의 쿠키 정거장

제4부

거짓말처럼

달 없이 건너야 할 밤이어도 어떠랴
두근거리는 사내들 겹겹 거짓으로 쌓아 올린
여인을 떠나도 좋아라, 별잠 쏟아지고

불끈, 태양 일으킨 사내들 흩어져도
좋아라, 깨져야 뭉치는 물거품처럼 가벼운
맨발로 떠나도, 온몸 부수며 떨어져도 어떠랴

여기, 목 놓아 울던 어둠 그물망 위에
붉은 거미 한 마리 풀어놓으니
기억의 꽃잠 잊어도, 묻어도 어떠랴

늙은 이슬만 거짓말처럼

어쩌랴

맛

　울음 잦아들자 잡아당겨지는 허기 짭짤한 당신인가봐 상
처 없는 이별이란 막대 사탕보다 작아진 계집아이 호기라
고, 빈 주머니처럼 헐렁한 끝은 시작된 자리로 돌아와 퉁퉁
부은 눈 쓸쓸히 감는가봐 똑같지 않아도 비슷한 마음끼리
추웠는데 영하의 오늘처럼 바들바들 떨어도 순하게 웃었는
데 고분고분 굴었는데 죽죽 내리치는 빗줄기 속 몰래 맛보
던 최초의 눈물은 머리부터 씹던 가을 전어 맛이었나봐 때
가 되어 떨어지는 붉은 홍시처럼 끝까지 버티고 싶었는데
대꾸할 힘도 없이 어정쩡히 떠났나봐 모른 척 삼키는 눈물
이 비린내 나는 당신인가봐

주정

가끔씩 술 마시고 가끔씩 친절해져서 가끔씩 복권 사고
가끔씩 울기도 하는, 넘치는 상상은 언제나 부정이라고 국
밥집 바닥에 늘어진 주인 여자 주정이라고

그러다 그리워하고 그러다 신발 벗고 그러다 사랑하고
그러다 주저앉는, 경마장의 남자는 언제나 떠나온 봄날이
라고 단골들 알아서 두고 가는 오천 원짜리 지폐라고 구겨
져 눕기도 하고

방 없이 방이 된 국밥집 돌바닥 한기에 입 돌기 전 메마
른 등 뒤집고

술에서 깨어 가끔씩 소리도 치고 가끔씩 잡기도 하며 가
끔씩 웃기도 하는, 가끔씩 다행이라고 죽지 못해 다행이
라고

비상등 켠 삶, 죽음 비집고 들어와 정차하는 뒷골목
인덕원 시장 거리 국밥집

여보

　남동공단 편의점 구석 대낮부터 소주에 빨대 꽂는 여자가 궁금한지 라면도 끓여 판다 말 건네는 주인, 지난밤 경찰에게 목덜미 잡혀도 죽은 듯 꼼짝 않던 취객이 널브러진 자리라고 달려온 아내의 여보! 그 단말마 외침에 벌떡 일어나 가더라고 흘끔거리는데, 공장 점퍼에 땅콩처럼 더벅머리 파묻은 사내 절뚝이며 들어와 파스를 찾고 다쳤느냐, 맞았느냐 주인 물음에 빨대처럼 꺾어 올리는 발목 말에 굶주린 듯 어눌한 발음 신나게 뒤엉키며 담배 달라, 연금복권 달라 쓸데없이 봉투 채우는 사내에게 여보라고 외치는 상상, 벌떡 일어난 취객보다 놀라 나가겠지만 있어도 없어도 쓸쓸히 취하는 건 마찬가지라고 여보, 여보 목이라도 댕강

나무 우편함

편지 대신 고지서만 먹어도
새 울고 바람 부는 모두가 그대의 편지
가물가물한 그대 단술 한잔
시원스레 뿌리는 낙엽 따라
재잘재잘 새소리 풀리고
걸쭉한 농주, 배고픈 독주에 취해
흔들리는 나무처럼 우짖는 꿩처럼
그대 전하는 편지, 지천으로 내뿜는
냄새 또한 뚜벅뚜벅 썩어가는 첫사랑
거미줄에 내어준 나무 우편함
쌓여가는 고행의 고지서마저 미워진
그대 안부라고, 머리 젖혀 바라보는
나무 그늘 아래 취한 첫사랑
봉긋한 소녀 가슴이
그대에게 보내는 답장이라고

아름다운 모욕

옷 뒤집는 손에 멀티 버튼 블라우스 쥐어진다 철 지난 브랜드엔 바코드 선명하다 여신의 갈고리 눈빛 다른 손에 고정되고, 내려놓기 무섭게 낚아챈다 날랜 손아귀 소매치기라도 된 듯 뻔뻔하게 시치미 뗀다 뒤늦게 같은 셔츠 찾아 뒤적거리는 이에게 입술 툭 튀어나온 직원 니트가 더 어울린다며 선뜻 말을 바꾼다 원숭이 양 볼 미어터지게 재어놓은 바나나처럼 몸에 쇼핑백 주렁주렁 달린다 숄더백까지 넘쳐나는 실크 블라우스 소매 비쭉 혀 내밀어도 또각또각 빨간 구두로 허공을 오르는 여신, 까르띠에 매장 거울 앞 모델로서는 순간 바람 난 사내 양손 꽁꽁 묶어 사정없이 뺨 내리치는 아프로디테가 된다 아름다움을 모욕하려거든 차라리 죽이고 가, 라는 나오미 캠벨의 가벼운 워킹

머리 몇 가닥

　마흔넷 그녀가 사라졌다 대학병원도 못 고친 병이라는데
십 년 써온 모자도 없어졌다 수챗구멍 켜켜이 수초처럼 흔
들리던 머리카락마저 자취 없이 사라졌다 틀어박힌 방, 트
랜지스터라디오에서 뿜어내던 제비꽃 향기만 뿌린 채 꼬리
를 감췄다 클럽이라거나 레스토랑 프로방스에 간다는 소문
속, 홀로 숨어 자르는 머리 몇 가닥 가위질 소리 들리기도
하지만 매달리던 베란다 난간 앞 굳게 닫힌 울음은 잠적했
다 경쾌한 전화벨 울리고 반질반질한 정수리에 왕관 올리듯
가발 뒤집어쓰는 순간,

어부바

펭귄 걸음의 사내 언덕바지 오르네 퍼붓는 눈발 지팡이 마저 걸음 붙잡지 못하고 공중 추처럼 흔들거리네 뇌경색으로 멈춰버린 혀 온몸으로 대신하는 사내, 어둠 밝히는 눈발 얼어붙는 길이 갓 나온 송아지 걸음에 어부바, 등 내미네 기어이 눈밭에 업히고서야 아파트 입구 다다른 사내, 열아홉 첫경험도 잊고 살기 죽기 어중간한 나이 떠난 아내도 잊고 첫걸음마 배우고 있네 속도는 중요치 않은 듯 쌕쌕거리며 몰아쉬는 사내 숨구멍에 눈사람 하나 얹혔네 죽은 엄마 볕에 말린 뽀얀 기저귀 가만히, 사내 목덜미 채워져 있네

잎

울어도 웃어도 자연스레
높은 가지 고달피 흔들려도
낮은 그늘 답답히 비비대도
그저 흔들릴 뿐
피곤치 않다는 듯
호불호 없다는 듯
탓하지 않아, 그저 울고 웃을 뿐
호젓한 그늘 부러워 않고
꼭대기 볕 동경치 않는
하나인 채로 나누는 흔들림
좋아서 울고 서글퍼 웃고
신나게 울고 지루하게 웃으니
웃어서 좋아, 울어서 더 좋아
훨훨 하나의 흔들림이
한세상 흔들고

거품 수갑

찢어져라 하품하며 손 씻는 여자
싹싹 문지르자 손목 채우는 비누 거품 수갑
잡아 뽑는 머리채 말리던 사내 손아귀
액세서리 흔적이 항쇄처럼 목덜미 감고
모델이 꿈이라는 철없는 사내 협박에
베란다 향해 몸 던진 밤, 방충망 덕
살아남아 사내 닿은 손가락 마디마디
닦아내는데, 장발 사내 취해 잠들고
뜯긴 방충망 억지로 끼워 넣으며 맞이한
일출, 서른 해 꼬박 잠들지 못한 듯
내내 하품하며 꾸는 꿈은
사내 떠나 누에고치로 잠드는 것
울다 잠든 딸아이에게 입맞추고
오래도록 손 닦는 고요한
욕실, 거품 수갑 찬
싱글맘

순정

　잔에 청하가 채워지자 삼십 년 솜씨라며 색소폰 연주하
는 사내 사랑인지 가랑인지 잔술에 꽃잎 구르고 눈발마저
날리는데 대니 보이, 몰아치는 선율 귓등 밖으로 돌리며 느
리다네, 빠르다네 목동들 피리 소리 기기묘묘하게 퍼지고
박수는 예의라며 다듬이질하는 환호, 삼십 년 절절함도 굶
주려 뜯는 심장에 하물며 능숙한 사랑이라니, 대니 보이 전
쟁 어설픈 승리로 끝나고 앙코르 외치는 목동들, 아는지 모
르는지 정중히 신청곡 묻는 늙은 사내 순정에 취해 청하는,
댄서의 순정

길

꽂히지 못한 주삿바늘
세 번째 빠지자
가늘게 구부러진 혈관들
다시 부풀고, 가파를수록
피어오르는 절경이라며
붉으락푸르락 털어내는
피와 멍의 마당질
가늘게 얽힌 혈맥처럼
잔손금처럼 어지러운 길
물 뿌려진 절 마당
가지런히 쓸린 비질 따라
들리던 범종 소리
그처럼 꽂히기 만만한
심장은, 텅 비어
펄떡펄떡 살아날 길은
어디에 있나

어세

기어이 쇄골을 분질러야겠니
널브러진 어깨 기어오른 놈 하나, 누구도
손 닿은 적 없이 삭아버린 팬티처럼
고독하게 뚫린 구멍 하나 막자고
기어이, 쫓아야 하겠니
툭하면 어부바하는 허수아비 녀석
철 지난 벽보 박박 긁는 끌처럼
먹을 것도 없는데 미행 붙는
찰거머리, 놈의 덜미 낚아채
미더덕처럼 씹어보자고 기어이
허물어지는 잇몸까지 내놓아야 하겠니
빨래바구니 속 젖은 지폐 닮은 어제
청양고추 빠진 양념장처럼 심심한 놈이
어딜 감히 넘어온다고 기어이
따로국밥 처먹듯 기어이
뒤돌아봐야 하겠니

발걸음

석고붕대 신고 누운 방이야
질긴 꿈 따라 모질어진 당신 따라
걷다가 뛰다가 잃어버린 발걸음이야
물 부리려던 불처럼 꺼져가는 당신
이별 생채기 덕지덕지 반창고 붙이고
달아난 잠 위로 북두칠성 느리게 도는
이상한 방이야 디디지 말아야 할 자리라고
스치는 바람 속삭였을 터인데
작은 귀 가려듣지 못했네 무심한 탓
발걸음 잃은 사랑 밤오줌처럼 시원스레 쏟아내던
울음마저 끊기고 팽팽한 기억 붙들어
느리게, 느리게 무릎으로 일어서는 방이야
말이 막히면 죽는다는데 불 부리려던 물처럼
증발해버린 당신 닳고 닳은 뒤꿈치
사랑 향해 끊긴 아킬레스건이
천천히 멈추라고, 붙들고 늘어지는
석고붕대 둘러업고 이별 디디며
서는 발바닥이야

비체非體적 존재의 생존 미학

— 상처를 치유하는 것은, 혀/여

나민애(문학평론가)

프롤로그

　김지유 시인은 격정의 시인이다. 2010년, 첫 시집『액션페인팅』의 표지는 붉디붉었는데 이 핏빛은 이미 그의 격정을 알고 있는 듯했다. 그런데 붉음에도 여러 종류가 있는법, 쉽게 떠오르는 에로티즘의 정열로 그의 붉음을 재단할수는 없다. 이 시인의 붉음이란 에로티즘도, 리비도적 욕망도 아니기 때문이다.

　김지유의 경우 분출되는 파토스는 몹시 뜨겁고, 그 뜨거움은 근본적으로 상처에 기원하고 있다. 번득이는 칼이 여린 살을 베고 지나갔을 때 느껴지는 감각을 상기해보라. 그 감각이란 아마도 불, 살에 불이 붙은 듯한 타오름에 가깝다. 김지유의 뜨거움이란 바로 그런 종류의 불이다. 이 말을 달리 표현한다면 그의 시는 지극히 상처받은 자의 것, 혹은 더 이상의 상처를 거부하려는 자의 것이라 할 수 있다.

회상컨대 첫 시집의 첫 구절은 "뭉그러져야 완성되는 그림"(「데칼코마니」)으로 시작되었으며 이 시집은 "사람들 사이의 관계에서 버림받아 외로움에 찌든 영혼들의 거대한 무덤"(이경수)이라는 해석을 얻은 바 있다. 요약컨대 상처의 고통이 그녀의 마음으로 하여금 시를 쓰게 했고 상처의 집합이 곧 그녀의 시가 되었다는 말이다. 이렇듯 김지유 시인은 핏물 범벅의 한 생명체가 내뱉는 각혈 같은 시를 써왔다. 그런 탓에 작품들을 처음부터 지금까지 놓고 본다면, 일종의 궤적을 보게 된다. 상처받은 주체는 직접적으로 형상화되지 않고, 대신 시적 주체가 흘린 핏자국이 일종의 길을 만들고 있음을 보게 된다. 총상 입은 생명체가 흘리고 간 피의 길, 이것이 그녀의 시를 보면서 느낄 수 있는 메아리였다.

그리고 다시 오늘, 세 번째 시집을 읽으면 우리는 시인이 유지하는 동질성에 더해 모종의 변화를 느끼게 된다. 즉, 시집 『유월설』은 피의 궤적이라기보다는, 상처의 원천을 가깝게 따라잡아 피의 주인으로서의 생명체 자체에 주목하게 한다. 생각해보자. 상처도 생명체의 일부, 삶의 일부, 시간의 일부이다. 그것은 무생물처럼 불변하는 무엇이 아니다. 그렇다면, 상처는 또는 생명체는 어디서, 무엇을 하고 있을까. 상처는 아물고 있었을까, 아니면 더해갔을까. 무엇이 그의 곁에 있었을까. 이 모든 궁금증에 대해, 상처의 이후와 또 다른 상처에 대해서, 이번 시집은 일종의 대답

이 되어준다.

1. 비체非體적 발성의 다성성과 시 쓰기

이봐, 꿈으로 밀려오는 그대 누구신가

옥탑방 술판 뒤엎고 부러진 상다리 앞
파르르, 변명거리 하나 없는 그대

누구도 지켜내지 못한 웃음을 밀고
아무도 편들지 않던 눈물을 끌고

원망 가득한 눈빛 그대 입술은
어찌 그리 무겁게 닫혔는가

매미도 개울도 노래하는 한낮인데
허우적거리며 사라진 그대 어디신가

나오시게 그대, 입 밖에서 술 한잔 하자고

　　　　　　　　　　　　　　—「소란스러운 침묵」 전문

　모든 시집에서는 첫 작품에 주목할 필요가 있다. 특히 김
지유 시인의 이번 시집에 실린, 이 첫 작품에 주목할 이유
는 매우 상징적이다. 이 시는 시인의 창작 자세 그 자체를

암시하고 있으며 또한 이 시집을 내기 위해 특별한 용기가 필요했음을 말해주고 있다.

김지유 시인은 친절한 시를 쓰는 편이 아니다. 그녀는 끊임없이 숨기고 감추고 변신시키고, 그러면서도 눈빛을 들키고 입을 달싹이고 흔적을 의도한다. 무서워 숨고 싶어 하면서도 손을 내미는 양가적인 행태를, 시인은 작품에서 감추지 않는다. 그래서 김지유 시인의 시를 읽을 때는 주의할 필요가 있다. 그녀가 말하는 '그대'란, 액면 그대로의 타인이 아니라 자기 자신일 경우가 있으며, 그녀가 말하는 '침묵'은 사실상 가장 바람직한 상태가 아닐 수 있다. 그는 그것을 원하기도 하고, 원하지 않기도 하다. 이 반대의 마음은 늘 그의 안에 동시에 존재한다. 시인 내면의 복잡한 사정과 서로 길항하는 여러 갈래의 마음들을 짐작하게 하는 시가 바로 이 「소란스러운 침묵」이다.

입을 다물고 있자니 그녀 안에서 너무나 많은 목소리가 요동쳤다. 그 목소리들에 숨이 막힐 지경이었을 것이다. 그러나 막상 입을 열면 안의 목소리들은 잠잠해진다. 실제 성대를 타고 나오는 일상의 언어들은 그녀 안의 목소리들 중 어느 것 하나 대변하지 못하고 있다. 그녀가 말하고 싶은 것은 따로 있다. 그 말하고 싶은 목소리들은 입 밖으로 나오고 싶어 하면서도 너무나 고집스럽게 나오기를 거부한다. 쉽게 나오기 위해서 선택할 수 있는 타협이나 굴종을 그것은 부정하고 있는 것이다. 이 상황을 어떻게 할 것인가. 자신 안의 너무나 많은 자신들을 발견하게 되고, '나'를 완벽하게 컨트롤할 수 없는 난감함에 마주했을 때 시인은 이 시를 썼다. 마치 지구 밖에서 지구를 바라보는 지구인의 심정으로 시인은 자신과 목소리와 상처들에 대해서 썼다. 그렇기 때문에 이 시는 상징적일 수 있다. 시인은 이 시를 통해 시를 부른다. 마치 소월이 「초혼」에서 혼을 소환하는 것처럼, 그녀는 자기 내면 깊이, 상처 입어 웅크린 영혼에 대해 "나오시게 그대" 라고 부르고 있는 것이다.

때문에 가만히 읽어보면 이 시는 매우 눈물겨운 작품이기도 하다. 작품 안에는 무덤에 들어앉아 돌처럼 굳어가자는 마음과, 다시 나와 이야기하자는 마음이 서로 충돌하고 있기 때문이다. 왜 '한' 사람의 '두' 마음이 생겨났는지 단서를 찾아보자면, "누구도 지켜내지 못한 웃음을 밀고/ 아무도 편들지 않던 눈물을 끌고"의 구절을 들 수 있을 것이다. 특히 "누구도"와 "아무도"에 방점을 찍고 읽자, 시인의 고독한 처지가 완연히 드러난다. 그녀는 이해받지 못해왔다는 소외감에, 누구와도 곁을 나누지 못했다는 고독감에 떨고 있다. 세상과 사람에 의해 거부되어 꿈속으로 사라지고 싶은 자아가 있다. 그럼에도 불구하고 다시 시작해야 한다는 자아가 있다. 이 자아와 자아의 투쟁이 한 사람의 내면에서 전쟁처럼, 날마다 벌어진다. 짐작컨대 그녀는 지금 사투 아닌 사투를 벌이고 있는 것이다. 그것도 매우 외롭게 자기 혼자서.

2. 원동력의 '여余'와 치유성의 '여汝'

첫 번째 작품 이후의 모든 시들은 그 목소리들의 여러 발화라고 읽을 수 있다. 이 발화들의 공통점은 여전한 외로움이 상처로 등장한다는 점이다. 그리고 또 다른 공통점으로 독기의 해체를 들 수 있다. 이른바 금방 생긴 상처에 동반되기 마련인, 타오르는 격렬함이 줄었으며 오래된 상처에 생기기 마련인, 염증의 악취를 찾을 수 없다. 그녀의 상처들은 독한 냄새를 풍기는 대신, 몹시 가벼워지고 변신하고자 하는 욕망을 지니고 있다.

거름 한 번 끼얹지 못한 마음도 넘치면 그저 상처라고

너무 지나쳐서 지나쳐버린 가시 촘촘한 비밀을 처음 본 이에게 털어놓는 밤, 텅 비어 빛나던 눈동자 잠시 잠깐 스쳤을 뿐인데 풀어놓는 비밀에선 이상스레 풋사과 냄새나고 순간, 대나무 닮은 지조 아니어도 새끼손가락 걸어 도장 찍을 엄지의 힘 느낀다고

바람 휘몰아치는 밤 약속도 목적지도 없이 올라탄 고속도로에서 폭설처럼 만난 사건이라고, 발 묶인 시간 목소리 비슷하다거나 익숙한 눈웃음이라며 잠시 바라본 이유 물어나르고 마지막이라서 쉼터로 스치는 달빛이어서 욕망도 쉬어갈 줄 알았다고

쓸쓸함의 늪에서 더는 한 걸음도 뗄 수 없어 복분자 붉디
붉은 때깔로 부려본 욕심이라고 스쳐간 환희, 스쳐간 원망,
스쳐간 연애, 스쳐간 좌절 스치는 것이 밥 싸고 똥 먹는 일
임을 알기에 빌어먹을 작작 좀 마시라고

알아도, 알아도 지나쳐서 지나쳐버린 사연 속에 때론 붙
잡아 머물고픈 손바닥 있었다고

—「스치다」 전문

이 작품의 제목 「스치다」라는 말에는 '알아, 아팠어'라는
목소리가 깃들어 있다. 이를테면 자기 스스로를 객관화하
며 상처를 다독이는 손길이 특징적이다. 시인은 자신이 왜
상처를 받았는지 그 상황을 똑바로 바라본다. 그리고 그 상
처가 하나가 아니라 여러 개였으며 반복되었음을 확인하고
있다. 이 시에서는 '스친 것'이라고 표현했지만 사실, 어떤
상처가 스치는 것만으로 생겨날까. 그러나 시인이 '스치다'
는 표현을 선택한 의도는 확실해 보인다. 시인의 '바람' 때
문이다. 아픔이 가볍게 지나쳐가길 바라는 마음, 상처가 현
재 진행형이 아니라 흉터라는 과거형이 되길 바라는 마음에
서 '스치다'라고 정의했던 것이다.

이때 시인의 자세는 뒤돌아보고 있는, 반추형이다. 이렇
듯 과거에 대한 직시와 정리가 가능하다는 것은 일종의 회
복을 암시한다. 아팠지만 괜찮아(질 거야), 정말로 괜찮지
는 않지만 괜찮아(질 거야), 이렇게 말할 수 있는 것도 힘이

전제되어야 가능하기 때문이다.

> 달달한 취기로 마주 선
> 은행나무 길
> 떠나고 떠나온
> 구월은 늙지 못한
> 바람이었네, 풀어진 마음처럼
> 불던 휘파람이었네
> 비틀거린 연분이었네
> 입속 혀처럼 그 여자
> 넘치게 따라주던 국화주
> 구멍 난 심장에 붓고
> 쓸쓸히 웃던 은행나무 길
> 떠나고 떠나온 구월은
> 취하기 좋은 구름이었네
> 훔치던 웃음은, 다만
> 잡지 못해 흘리던
> 사랑이었네
>
> ―「넘치다」 전문

흥미롭게도, 「넘치다」는 「스치다」의 짝꿍 같은 작품이다. 앞서 「스치다」에서 '넘친 마음이 상처를 만들었다'는 목소리를 들을 수 있었는데, 이 시의 제목이 바로 그 '넘친 마음'을 의미하고 있다. 「스치다」가 상처를 과거화하면서, 스치

듯 어루만지는 마음의 손길을 보여주었다면, 「넘치다」는 다른 방식으로 상처를 대한다. 구체적으로 이 작품은 '넘쳐서' 생겨난 상처를 넘실대는 다른 것들로 치환시켜 날려 보내는 장면을 담고 있다.

이 작품이 퍽 아름다운 까닭은 바로 이 치환에 있다. 가슴에 붉게 새겨진 상처에 시인의 언어의 입을 대자 하늘거리는 손수건처럼 "풀어진 마음"이 펄럭인다. 그리고 시인은 그 마음들을 하나씩 뽑아 바람에 태워 보낸다. 과거에 '넘친' 것이 불행의 원인이었는데, 오늘은 '넘친' 것이 또한 치유의 방법이기도 한 것이 이 시의 "은행나무"를 키웠다.

상처와 고통의 한복판에서는 '스치다' 또는 '넘치다'는 말이 떠오를 수가 없다. 이런 표현은 일종의 '판단'에 해당되는 사고의 결과물인데, 판단이 가능하다는 것은 시인이 상처에 시달리는 것이 아니라 대면하고 있다는 것을 말해준다. 이번 시집에서 유독 과거형의 서술이 자주 등장하는 것도 같은 맥락에서 이해할 수 있다. 이를 통해 짐작하건대 김지유 시인의 상처는 시의 원동력이면도 상황적인 면에서 상당한 변화를 겪고 있다. 즉, 지금 그녀의 상처(시)는 원초적 상태에 있지 않고 미학적인 과정에 놓여 있다. 일반적으로 최초의 상처란 피부가 파열되고 세포와 조직이 손상되어 내부에만 분리되어 있어야 할 것들이 외부로 나오기 시작하는 비극에서 출발하지만, 김지유의 시인은 최초의 단계를 벗어나 있다. 또한 그녀의 상처는 곪아 염증과 열을 동반하는 상태에도 있지 않다. 오늘날 그녀의 상처는 파열될 때의 격

렬한 고통을 지나, 객체화되는 데 이르렀다. '스치다'와 '넘치다'의 말로서 상처를 핥기 시작했다는 것은 그녀가 상처를 감당할 준비를 하고 있다는 것을 보여준다.

아마도 이러한 변화를 마련해준 것은 시간, 그리고 다른 상처들과 다른 흉터들이었을 것이다. 이것은 시의 외적인 일이어서 다만 짐작만 할 수 있을 뿐이다. 시인은 타인의 상처를 치료하는 일을 겸하고 있다. 그 일은 필연적으로 타인의 상처를 만나게 되는 일이다. 사실 치료사를 선택한 시인의 결정은 매우 위험할 수도 있다. 만약 자신의 상처를 마음속에 묻어두길 원한다면 해서는 안 될 선택일 수도 있다. 다른 사람의 울음을 들으면 매몰되었던 자신의 울음 역시 다시 울기 시작할 테니까 말이다. 상처받은 한 사람의 마음은 다른 상처받은 마음을 감당할 수 없어 넘어지거나, 또는 다른 상처받은 마음들을 치유하면서 자기도 치유받거나 이렇게 극단적인 두 방향을 예비하고 있다. 그런데 시집 『유월설』을 보면 느끼게 된다. 다행히 시인의 경우는 후자여서 자신도 상처들 사이에서 치유를 받고 있다는 것을 말이다.

이 시집이 상처의 성장과 변모를 담고 있다면, 우리가 마땅히 기대해야 할 것은 그 성장과 변모의 뿌리에 있다. 분명 환부를 드레싱하는 손길, 본능적으로 상처를 핥는 혀의 힘이 이 시집의 윤기를 만들어내고 있다. 그리고 이 혀의 힘이란, 자기 자신의 과거를 규정하는 '나-여余'의 힘이자, 타인들의 상처와 치유에서 배운 '너-여汝'의 힘이기도 하다. 시인은 혼자 사는 세계가 아니라 상처 세계의 다른 주민들

에게로 주의를 돌리고 있는 듯하다. 그 증거로서 시인의 이
번 시집에는 유독 다른 대상들에 대한 주목과 관찰이 자주
등장하고 있다. 그리고 이 시선의 확대는 상처 안으로 파고
드는 지난 방법론을 외적인 세계를 탐구하는 방법론으로 변
화시키는 데 기여하고 있다.

3. 미시적인 세밀화의 이야기 세계

자기 상처의 객관화 과정을 통한 수용이 이번 시집의 특징
이라면, 이 특징은 작품의 방법론적으로는 '미시적인 관찰'
과 '세밀화'의 세계를 통해 구체화되고 있다. 특히 섬세한 묘
사의 방법은 외적 세계의 자아화 과정 중에서 얻은 자연스러
운 산물이라고만 생각할 수 없고 상당한 의도를 지닌 필연성
으로 이해할 필요가 있다.

미닫이문 열자 머리 큰 불상
목숨 토해 마련한 위자료로 얻은 방 한 칸
개다리소반 고양이 앉혀 먹이는
한술 마짓밥, 애당초 사내 마음 떼어내
손에 쥔 적 있던가, 공염불처럼
쪼그라들지 않은 미련 들킬까
미닫이문 닫히기 전 다시 쑤셔 넣고
빈 손 합장하는 여인 하얀 머리, 누에처럼
저를 다 뽑고서야 살아난 고치무당

깊이 파인 가슴골 따라 하늘과 통한

고운 새끼무녀가 넉넉하게 울음 짓는

코딱지 방 한 칸

—「고치무당」 전문

이 시에는 상처와는 전연 상관없을 것 같은, 김지유 시
인의 전매특허인 붉은 토해냄의 세계와는 무관할 것 같은,
'고요'의 세계가 담겨 있다. 그 고요란 장소로는 불간이요,
주체로는 말없는 여인이요, 비유되는 대상으로는 누에로서
표현되었다. 그런데 이 시는 고요 그 자체에만 집중하는 시
가 아니다. 고요를 통해 시인이 노리고자 하는 것은 울음의
풍경화風景化, 심정의 시각화에 있다. 즉 그는 묘사와 채색
을 통해 매우 간접적으로 '울음'의 방을 그려내고 있는 것이
다. 맑은 수묵화로 울음을 그려냄으로써, 이전의 핏빛 울음
과는 다른, 그러나 그것과 연장선상에 있는 다른 세계를 얻
을 수 있게 되었다. 이런 변화를 보면 김지유 시인은 상처에
대한 포용과 치유를 시도하면서 미묘하고 세심한 필체를 얻
게 되었음이 분명하다. 이번 시집에서 그의 붓끝이 얼마나
세밀해졌는지 확인하는 것은 어려운 일이 아니다.

간밤 비바람 부러진 가지

지팡이 삼아 날개 버린 작은 새 울음

바람에 또르르, 다시 빗방울에 톡톡

오든 가든 흔들흔들 받아주는 꽃

가뭄 끝 쏟아진 빗줄기

얼굴 내민 자식 앞에서 울음 대신

오매 꽃, 오매 꽃

좋아 죽는 노老보살

장독대 정화수 놓고 빌던 손으로

칠성각 마른걸레질 놓지 않더니

굽은 허리 칠성판 누일 날 기다리며

등에 찬 복주머니 열어 다독다독 복을 심더니

드디어, 꽃 피웠네

주름진 삶처럼 툭툭 잡초 뜯으며

예쁘지요, 예쁘지요

평생 아들 대신 따른 칠성전 향해 자랑이네

빗방울에 꽃으로 화답하는 생이

욕심으로 매달린 눈물방울 거둘 때

새들은 여전히 제각각 울어 하나이고

스스로 죽은 적 없으니

장하다, 꽃

—「장하다, 꽃」 전문

　간밤에 비바람을 만난 가지의 시간을 보기 위해서 시인은 세심해질 필요가 있었다. 날개 버린 작은 새의 울음을 듣기 위해 시인은 귀 기울일 필요가 있었다. 이렇게 시인의 세계는 섬세해지고 깊어졌다. 피투성이의 비체非體의 상태였다면 자세히 볼 수도, 섬세히 말할 수도 없었을 것이다. 그러니 세밀화가 가능해졌다는 점은 현재 시인의 상처가 어느 상황에 있는지 짐작할 수 있게 한다. 그에게는 새로 움트는 핏줄과 핏줄의 움직임이 보이고, 발갛게 돋는 새살이 있다.

시인에게 세월이 녹아들어 자기력의 일부가 되었다는 것은 이 시인의 변모에 있어 매우 중요한 일점이다. 시간의 풍파를 경험하고 감내하자는 시인의 지향성은 이번 시집의 유곡한 어조와도 맞물려 있기 때문이다. 『유월설』이 지닌 또 다른 언어적 특징은 타령의 노래를 선보인다는 것, 세월을 유장하게 만드는 곡조가 전면에 등장한다는 것이다. 구체적으로 그것은 '-가네/하네'류의 종결어와 '다니/하니'라는 연결어를 통해 확인할 수 있다.

'-네'라는 종결어는 작품 기준 총 70번 사용되었다. 오래된 이야기를 전해주는 듯한 이 서술어는 마음의 실체와 상처의 과거를 이야기로 만들고자 하는 욕망을 드러낸다. 누군가, 누군가의 이야기를 한다는 것은 매우 중요한 의미를 지니고 있다. 발화가 가능하다는 말은 어떤 방식으로든 정리와 의미부여가 가능해졌다는 것을 뜻하기 때문이다. 이야기를 하는 것은 자기 자신과, 과거와, 상처를 정리하는 첫 단계가 될 수 있고 또한 되어야만 한다.

그렇다면 이 지점에서 다시 김지유 시인의 『유월설』의 첫 시로 다시 돌아올 필요가 있다. 첫 시 「소란스러운 침묵」이 상징적일 수밖에 없는 이유를 다시 한 번 확인할 수 있다는 말이다. 울음을 토해내는 단계에서 나와, 자신의 분명한 목소리를 내자는 것이 이 시집의 목표이다. 그러니 이 시집은 눈물을 씻자는 의미, 눈물을 씻었다는 의미로 읽으라는 것이 이 시에 담긴 시인의 의도인 것이다. 그리고 그 목소리는 상처의 완전한 회복을 전제하는 것이라기보다는 상처의 회복을 위한 과정 그 자체, 즉 상처를 핥는 치유의 혀로서 기능한다.

4. 상처는 꽃처럼 피어나고

일반의 아픈 사람과 김지유 시인과의 차이점이 있다. 아픈 사람과 달리 그는 아파야만 하는 사람이다. 아마도 받아들이기 힘든, 체질적 아픔에 대해 시인은 오랜 시간 힘들어했을 것이다. 왜 무감해질 수, 쉬워질 수 없을까 자신의 피에 대해서 고민하는 밤들도 있었을 것이다. 생래적으로 낮은 끓는점을 지닌 피 때문에 시인은 피투성이 시인으로의 출발을 했다. 그래서 그녀의 지난 시집들을 통해서는 자신이 가진 재산이란 상처와 고통뿐이라는 선언을 읽을 수 있었다.

이에 이어 오늘의 시집을 통해 배우게 되는 것은 일반의 상처와 김지유 시인의 상처에 대한 차이점이다. 일반의 상처는 부정당하는 무엇이다. 그것은 없어져야 할 것이고, 가급적 상기되지 않아야 하는, 잘못 태어난 아이와 같다. 그런데 김지유 시인은 이 잘못 태어난 아이를 깊이 사랑한다. 상처를 들여다보는 시인의 눈길은 마치 꽃을 보는 듯 그렇게 곡진할 수 없다. 시인에게 진짜로 부정적인 대상은 상처가 아니라 고통의 원인이다. 본인에게 고통의 원인은 상처가 아니라 다른 곳에 있다. 가급적 세상이라고 말한다 범박하고, 요컨대 타인이라고 말한다면 부정확한, 다른 무엇인가가 그녀에게 상처를 입힌다. 그리고 그녀는 그 상처를 품었다. 사랑하고 싶은 사람 대신 상처를 사랑했고, 사랑하고 싶은 만큼 상처를 사랑했을 것이라 생각된다. 왜냐하면 무릇 많은 시들에서 암시적으로 밝힌 바, 그녀의 재산은 상처였기 때문이다.

웃음이야 아니, 통곡이야
밤새 그림자 꿰맨 속말이
콧구멍으로 터진 거야
벚꽃 아래 맛본 도다리 쑥국처럼
까꿍, 속살로 피워 올린
꽃잔치라지만 지상의 모든 애인
손가락보다 야윈 미소라고
눈물 감추어 만나는 이별이라고
전부 내어주는 일이란
유월에 내리는 함박눈 같은 거
잊지 말자니, 모두 잊히고
꾹 참고 맞던 아이의 불주사처럼
지워진 그림자 닻 내리고
처량하게 무심하게
식어가는 심장을 살아내는 일
내 웃음과 당신 눈물에 무관심하던
계절 접을 때 호접몽, 꿈은
닫혔다 열리는 지상낙원이므로

깜박 취해 웃었다 운다 해도

모두가 희디흰 꽃잔치, 곧 녹아 없어질

유월의 시린 사랑설

통곡이야 그래, 만질 수 없는

그런 웃음이야

—「유월설」 전문

그런 의미에서, 이 시는 상처에 대한 지극한 사랑이라고
읽을 수 있다. '웃음은 통곡이야'에서 시작해서 '통곡은 웃음
이야'라고 끝맺는 「유월설」이란 마치 속으로 울면서 웃는 연
기를 하는 희극인의 모순처럼 눈이 시리다. 그리고 이 시집
의 변화, 시인이 원하는 변화를 가장 잘 드러내고 있는 작품
이기도 하다. '유월의 함박눈'이란, 어디 가당키라도 할까.
그것은 있을 수 없으며 있더라도 순식간에 녹아내릴 대상이
다. 그러나 시인은 그것을 보고 싶다. 또는 그것을 보고 있
다. 있을 수 없지만 희망하고, 가당하지 않지만 바라는 마음
을 이른다면 '사랑' 그 밖의 다른 표현을 찾을 수 없다. 잊히
는 것을 "잊지 말자"는 것, 식어가는 심장을 살아내는 것 역
시 삶에 대한 지극한 애정이 없이는 불가능한 일이다.

이 지점에서 처음에는 말하지 못했지만 피투성이 비체非
體가 되면서까지 지켜야 했던 마음 꼭지를 꺼내야 할 필요가
있다. 그녀가 태양의 열기 아래 사라질, 함박눈처럼 헛되고
아름다운 꽃을 피우고 싶던 이유를 꺼내야 할 필요가 있다.
그녀의 재산은 상처라고 표현했지만, 이 상처는 사랑 때문에

생긴 것이다. 김지유 시인은 상처를, 세상을, 타인을, 자신을 사랑하지 않을 수 없어 상처받는다. 그리고도 여전히, 손을 내밀고 있다. 실컷 속았음에도 불구하고 세상은 아직 찬란하다고 믿고 있는 것이다. 있지 않은 헛것을 보기, 있지 않은 헛것을 믿는 것이 시인을 살게 만들고 또한 시인의 작품을 찬란하게 만든다. 믿어야 할 것을 믿는 것보다 믿을 수 없는 것을 지지하는 것은 어렵고 드물다. 또한 퍽 의미 있고 가치롭다. 보라, "곧 녹아 없어질/ 유월의 시린 사랑설" 밑에서 울고 웃는 춤사위는 상처 위에 피어난 꽃처럼 곱다.